JN410062

저 하늘 목화밭들은 어느 누가 가꾸나

이 도서의 국립중앙도서관 출판예정도서목록(CIP)은 서지정보유통지원시스템 홈페이지(http://seoji.nl.go.kr)와 국가자료종합목록 구축시스템(http://kolis-net.nl.go.kr)에서 이용하실 수 있습니다.
CIP제어번호 : CIP2020017761)

J.H CLASSIC 050

저 하늘 목화밭들은 어느 누가 가꾸나

서주린 시조집

지혜

시인의 말

뒤늦게 뛰어든 길이
만만찮다

세찬 풍랑을 견뎌내야
매끄러운 조약돌로 남듯

고요히
비우고 또 비워야하리

2020년 봄
서주린

차례

시인의 말 ---- 5

1부

봄날에 ---- 12
집중 ---- 13
늙은 호박 ---- 14
참아보구려 ---- 15
두 하늘 ---- 16
물비늘 ---- 17
은행나무 ---- 18
청령포에서 ---- 19
함박눈 ---- 20
아끼던 서책 ---- 21
조매화鳥媒花 ---- 22
가을 전령사 ---- 23
귀밑머리 ---- 24
박달재 ---- 25
부처님 오신 날 ---- 26
소나무 ---- 27
송파나루공원 ---- 28
여의도의 봄 ---- 29
모과 ---- 30
죄 있듯이 ---- 31
충주중앙탑 ---- 32
아내의 맑은 웃음 ---- 33
거북바위 ---- 34
인고를 견디고서 ---- 35
뜨락의 풍경 ---- 36
아내 ---- 37

2부

낮에 나온 초승달 40
동학사 가는 길 41
매미 42
소 43
동안거 44
회룡포回龍浦 45
가을에 핀 장미꽃 46
갈대숲 47
조간신문 48
공깃돌놀이 49
배꼽인사 50
근린공원의 저녁 풍경 51
기러기떼 52
대 잇기 53
별똥별 54
산까치 55
설날에 56
저무는 날 57
장대비 58
이 겨울에 59
연리지 60
가는 길 61
낙산사의 해돋이 62
산오름 63
학교 가는 길 64
이명耳鳴 66

3부

풍류 68
윤회 69
바람 70
달밤의 세레나데 71
꽃망울 72
나팔꽃 73
장미꽃 74
고추씨 75
열대야 76
조약돌 77
눈꽃 78
산국 79
가로수 80
길손 81
풀꽃 한 송이 82
나를 본다 83
로또명당 84
아직까지 모르겠다 85
할미꽃 86
망둥이 87
배롱나무 88
어머니 89
장맛비 90
까치밥 흔적 없고 91
세한도 초가엔 92
덩굴장미 93

4부

폭풍우 있은 후에 ········· 96
해맞이 ········· 97
봄을 기다리며 ········· 98
라일락 ········· 99
새해아침 ········· 100
여름 나그네 ········· 101
주례를 서면서 ········· 102
석촌호수 벚꽃 ········· 103
설악산 가는 길에 ········· 104
한가위 소묘 ········· 105
해질녘에 ········· 106
혼인식장 풍경 ········· 107
숲속의 매미들 ········· 108
CCTV ········· 109
인연 ········· 110
노송 ········· 111
복수초 ········· 112
화분 ········· 113
문어의 모성애 ········· 114
영산홍 ········· 115
선운사 동백꽃 ········· 116
구조라해수욕장 ········· 117
불꽃사랑 꽃비 되어 ········· 118
석우시조비 ········· 119
봄이 오면 ········· 120
겨울나무 ········· 121

5부

새싹 124
작은 소망 125
시산제 126
가을의 문턱에서 127
가을이 성큼 오기를 128
노을을 뒤로하고 129
선산을 찾아서 130
벌초하는 날 131
문경새재 132
세모 133
꿈꾸는 밤 134
가시장미 135
황사 136
산사에서 137
그 세월을 낚고 있다 138
달력 한 장 139
해바라기 140
비룡폭포 141
세월 무상 142
면학勉學 143
나이 들면서 144
아직도 꿈은 145
홍도 바위섬 146
내장산 단풍구경 147
월하문학관을 찾아서 148

해설 • 이명耳鳴의 고통으로 선경仙境을 읊다 • 오홍진 150

1부

봄날에

시냇가
수양버들
봄바람에 흐느대고

다리 건너
아지랑이
스멀스멀 돌아온다

산마루 머문 흰 구름 양떼처럼 평화롭다

집중

시냇가 나무 위에
물총새
한 마리가

물속을 응시하다
수직으로
날아들어

저보다
큰 물고기를
쏜살같이 물고 간다

늙은 호박

황금빛 요람 속에
호박벌 들고나고

젖살 밴 애호박이
속절없이 주름진다

지나간 젊은 그날을
너를 통해 보는 듯

참아보구려

겨울을
나기 위해
이파리 떼어놓고

앙상한
나무들이
알몸으로 떨고 있다

잠시만
참아보구려
머지않아 봄이라오

두 하늘

비무장 지대에서
살고 있는 고라니가

철조망 그 너머로 보이는
두 하늘을

어느 날
통일이 되면
어느 쪽을 택할까

물비늘

숲속의
호수 찾아
누가 저리 흔드는가

잔잔한
물결 위에
파문을 일으킨다

달빛이
하도 그리워
내가 먼저 설렌다

은행나무

푸르던
나뭇잎은
가을이 되고 나서

노랗게
물이 들어
황홀함을 보이더니

가지가
휘어지도록
종소리를 내고 있다

청령포에서

왕관을 빼앗기고

머나먼 길 쫓겨 와서

섬 아닌 섬 안에서

몇날 며칠 울었던가

지나는 해님 달님도

가던 길을

멈추네

함박눈

창 너머
함박눈이
소리 없이 내리네요

찌든 때
덮으려나
순백으로 물들이고

아팠던
지난 얘기들
잊으라고 하네요

아끼던 서책

늙음에 이르도록 아끼던 서책들이

먼지를 덮어쓰고 서가에 놓여있다

이제는 나보다 먼저 빛바래고 저문다

조매화鳥媒花

선운사
동백나무
눈 속에 푸르더니

빨간 꽃
피우고서
꽃마다 꿀샘이다

동박새
날아들어서
입맞춤도 저리 짙다

가을 전령사

밤마다 열대야에 잠을 아직 못 이루고

열어 놓은 창문으로 바람은 아니 들고

귀뚜리 울음소리에 새벽별이 졸고 있다

귀밑머리

아내의
흰 머리칼
별 보다 촘촘하다

지나간
그 옛날은
아슴푸레 멀어가고

고 예쁜
귀밑머리가
아리도록 날린다

박달재

박달재
고개 너머
노랫소리 흘러오고

가신 님
혼불 맞아
해도 저리 저무르고

나 홀로
재를 넘으며
서두르지 아니한다

부처님 오신 날

부처님
오신 날에
산사를 찾아가다

소나무
숲속에서
송순松筍을 바라보고

천불千佛을
먼저 뵈온 듯
가던 길을 되돌린다

소나무

산 깊은
절벽 위에
소나무 한 그루가

하늘을
우러르다
기울 듯이 서 있어라

늘어진
가지들마다
긴 세월을 지녔다

송파나루공원

그 옛날 송파나루 서둘러 호수되고

지금은 동서호로 사계절 아름답다

오늘의 푸른 역사를 여기에서 보도다

여의도의 봄

양말산 벚꽃 보러 서둘러 왔건마는

시샘한 꽃샘추위 비바람만 몰아친다

지는 꽃 어이 하겠나 나의 뜻이 아닌 것을

모과

모습은
투박해도
향기는 아름답다

가을이
돌아오고
상강이 지나가고

가지에
나뭇잎 져도
모과들이 제 멋이다

죄 있듯이

우리 집 앞마당이
소낙비에 물이 고여

흐르지 아니 하고
넘치는 개울이네

천둥과 번개소리에
죄 있듯이 맘 졸이네

충주중앙탑

삼국의 통일왕조 흥망성쇠 지켜보듯

중원 땅 칠층석탑 고고하게 우뚝 솟아

한나라 이어지기를 기원하고 있어라

아내의 맑은 웃음

잔주름
늘었어도
아직은 젊어 있고

언제나
함께 있어
행복하다 말하리라

아내의
맑은 웃음이
내게서는 제일이다

거북바위

해안가
몽돌밭에
거북이 살고 있다

억겁을
머물면서
하염없이 기다린 님

그 님이
이제 오려나
뱃고동이 울린다

인고를 견디고서

바닷가
돌멩이가
제 몸을 내어주고

그 오랜
세월 속에
희로애락 맞고 나서

오늘은
천하제일의
조약돌로 남아있다

뜨락의 풍경*

눈부신 봄 햇살이 뜨락에 가득하다
메마른 가지마다 새싹이 돋아나서
날마다 푸르러가는 그 모습을 보고 있다

꽃들은 피어나고 새소리 달려온다
때 아닌 꽃샘으로 꽃잎은 날리는데
창 너머 꽃비를 보며 푸른 하늘 바라본다

* 2019년 올해의 시조문학작품상 수상작.

아내

아내의 얼굴에서 주름진 세월 보며
고단한 지난날을 한 눈에 읽고 있다
새해를 맞이하면서 건강하길 기원한다

그 나이 되고나서 아프지 아니하고
아내가 아침부터 부산을 떨고 있다
한 생에 이러하듯이 우리 사이 행복하다

2부

낮에 나온 초승달

높고도
푸른 하늘
물 깊은 바다인가

빈 쪽배
외로이 떠
낚시를 드리우고

반삭을
기다리고서
만선되어 돌아오네

동학사 가는 길

저 많은
사람들이
가을 햇살 먼저 받고

떠밀려
밀리면서
다투어 걸어간다

황금빛
은행잎들이
샛바람에 살랑인다

매미

사는 게
덧없음을 알기라도 하는 듯이

서둘러
짝을 찾는 매미의 울음소리

시원한
그늘 속에서 졸고 있는 노인 하나

소

농촌의 일손으로 논밭을 갈고 있고

무거운 짐 끌고도 지치지 아니하네

소들의 되새김 보며 지난날을 헤아린다

동안거

겨울의 나무들은 겨울을 나기위해

이파리 버리고서 알몸으로 살아간다

새로운 봄을 맞으려 동안거에 들고 있다

회룡포回龍浦

예천의 용포마을 내성천의 백사장은

황룡이 비상하려 몸부림친 비늘인가

비룡산 전망대에서 용틀임을 보고 있다

가을에 핀 장미꽃

무더운
여름 한철
긴 잠을 잤나보다

뒤늦게
피어나서
저리도 붉은 뜻은

늙어서
꽃피는 사랑
누리면서 살라한다

갈대숲

세간사 어려움을
알리려 하는 듯이

시냇가 갈대숲이
몸 부벼 술렁인다

이 겨울 맞고 나서는
소리 더욱 높아라

조간신문

새벽잠 깨어나서 신문을 펼쳐들면

시공을 넘나드는 온갖 소식 달려온다

고개를 곧추세우니 소우주가 예 있어라

공깃돌놀이

아이들
둘러앉아
공기놀이 하고 있다

한동안
바라보다
옛 생각에 젖어든다

눈망울
예쁜 순이는
어디에서 살고 있나

배꼽인사

유치원 다녀온다
배꼽인사 하는 손녀

해맑은 눈망울은
이슬처럼 초롱하고

날마다 커가는 모습
바라보고 또 본다

근린공원의 저녁 풍경

저물녘 햇살 지면

유모차 서두르고

새들도 무리지어

숲속으로 날아든다

서서히 어둠속으로

멀어지는 사람들

기러기떼

저무는
겨울하늘
눈발이 내리는 날

기러기
떼를 지어
어디론가 날아간다

서둘러
가는 길에는
소리만이 높아라

대 잇기

드높아 푸른 하늘 절벽 위 낙락장송

늘어진 가지마다 세월품은 솔방울들

얼마를 더 기다려야 어린 싹을 보일까

별똥별

여름밤
뜨락에서
별들을 헤아린다

긴 꼬리
늘이면서
하나 둘 사라지면

하늘이
깜깜해질까
어린 마음 타든다

산까치

새벽잠
깨우면서
산까치 문안 든다

창문을
열뜨리니
앞산은 어슴푸레

행여나
귀한 손님이
찾아올까 설렌다

설날에

까치가
제 날인 양
찾아와서 문안 들고

모여든
가족들이
둘러앉아 덕담이다

아이들
세배 받으니
나도 조금 늙었는가

저무는 날

그리도 멀지않게 가야할 길이지만

멈추고 있기에는 할 일이 하도 많아

세간사 온갖 상념에 가는 길도 무겁다

장대비

구름이 모여들고

천둥번개 있고 나서

갑자기 장대비가

한꺼번에 쏟아진다

한동안 지나고 난 뒤

들풀 또한 푸르다

이 겨울에

뜨락에
있는 화초
첫서리 못 이기고

주목나무
한 그루가
외로이 푸르르고

아내와
함께 있으니
이 겨울도 따뜻하다

연리지

전생에
슬픈 이별
아쉬움 있었던가

두 가지
다가서며
그 한 몸 되고 보니

생사가
둘이 아녀라
사랑 또한 하나더라

가는 길

인생길
태산준령
너무나 험난하여

혼자서
넘어가다
고갯마루 앉아있다

가는 길
앞에 두고도
얼마인지 모르겠다

낙산사의 해돋이

쉼 없이
밀려드는
동해의 거센 파도

해안가
바위섬에
하얗게 부서진다

힘차게
수평선을 끊고
솟아오른 불덩이

산오름*

무더위 따라나선 산오름 숨이 차다

오를 때 홀깃 본 것 내려올 때 다시 보고

혼자서 보던 구름이 산언덕을 넘는다

* 2001년도 시조문학작가상 수상작.

학교 가는 길

신작로
양 옆으로
눈높이 코스모스

하늘대는
송이마다
내 마음 담았어라

세월은
흘러가고도
산들산들 다시 피네

이 길을
걸어가며
푸른 하늘 다시 보고

갈바람
불어와서
꽃잎은 설레이고

>

눈 감은
동공 속으로
순이 생각 절로난다

이명耳鳴

천상의 소리인가 외계인의 교신인가
눈뜨면 들려와도 해독하기 어려워라
강약이 다름에 따라 몸 상태를 알뿐이다

낮이나 밤이거나 가리지 아니하고
날아든 고목 숲에 매미가 울고 있다
한평생 같이 살기를 작정한 듯 하여라

3부

풍류

옛시조
한 가락에
선경을 넘나든다

시흥이
절로 나서
지필묵을 당겼더니

붓대는
나가지 않고
학이 먼저 날아든다

윤회

박차고
나온 새싹
환한 미소 짓고 있다

아직도
남은 추위
기어이 이겨내고

한순간
여름을 맞아
큰 열매가 익거니

바람

나뭇잎
흔들린다

바람이
보이는가

산에서 내린 바람
비를 함께 몰고 온다

뜨락의 나뭇잎들이 나보다도 설렌다

달밤의 세레나데

푸르던
나뭇잎에
가을은 깊어가고

담 너머
붉은 석류
가슴을 내어 밀고

창밖에
머문 저 달도
기울 줄을 잊는다네

꽃망울

눈발이
날리면서
가지마다 흰 꽃이고

햇살은
구름 속에 가리어
차가운데

백매화
꽃봉오리가
벙글 대로 벙글었다

나팔꽃

동트자
수줍은 듯
배시시
깨어나서

치마폭 활짝 열어
벌
나비
꼬드기고

해지고
별빛 내리면
부끄러워
몸 사린다

장미꽃

아름다운
그 자태에
벌 나비 날아든다

한동안
피었다가
떠나면 그만인 걸

오늘도
세월에 지니
덧없음을 알겠다

고추씨

때맞춰
파종 못한
고추씨 한 움큼을

비둘기
몫이라고
뜨락에 뿌렸더니

철지나
돋은 새싹이
새 생명을 보인다

열대야

하늘에
용광로가
불 지펴 타오르면

처마 밑
삽살개가
숨 몰아 헐떡인다

이 밤도
사방 별들이
가물대며 드샌다

조약돌

바다의
밀물썰물
조약돌 만나면서

언제나
반들반들
예쁘기도 하더니만

바닷가
모래밭에서
눈에 띄게 살아가네

눈꽃

세상을
밝히려고
함박눈 내리었네

뜨락에
나뭇가지
눈꽃을 피고 있어

봄 가을
보는 꽃보다
아름답기 그지없네

산국

갈잎은
지고 있고
산국이 한창이네

키 작은
꽃송이들
그윽한 향기 있어

일벌들 꽃잔치 열고 이 가을은 깊어간다

가로수

해마다
잘려나간 아픔을
이겨내고

어느새
새 이파리
하늘을 가리운다

가로수
그늘 속에서
매미들이 제철이다

길손

가야할
산 너머가
그리 멀지 아니하여

늘그막
길나서며
그 앞을 바라본다

할 일이 아직 남아서 가는 길도 더디다

풀꽃 한 송이

먹구름
모여들고
천둥번개 몰아친다

소낙비
지난 후에
저 하늘 짙푸르고

고샅에
풀꽃 한 송이
고개 들고 있어라

나를 본다

호수에
바람내려
잔물결 일렁인다

물속에
흔들리는 그림자
누구일까

서로가 마주 앉아서 내가 아닌 나를 본다

로또명당

뱀 꼬리
몸을 틀 듯
줄을 선 사람들이

저마다
제 것인 양
기와집을 짓고 있다

발표 날
기다리면서
너나없이 부자다

아직까지 모르겠다

광장에
모인 군중
언론에서 말하기를

촛불은
문화제고
태극기는 집회란다

내 너무
오래 살았나
아직까지 모르겠다

할미꽃

전생을
함께 살며
애증이 많았던가

쌓였던
그리움을
어쩌지 못하고서

정인情人의
무덤가에서
고개 숙여 눈물짓나

망둥이

먹구름 몰려들고 한낮이 혼미하다

폭풍이 지난 자리 개펄은 술렁이고

망둥이 뛰쳐나와서 제 세상을 열고 있다

배롱나무

장마가
걷히면서
무더위 이어지고

세상의
많은 허물
빨갛게 덮으려고

갈바람
맞고 있어도
지지 않고 피어있다

어머니

긴 삼동
추위 속에
신작로 바라보며

집 떠난
아들 생각
가슴에 쓸어담다

장독대
정화수 앞에
빌고 비는 어머니

장맛비

나지막
잿빛 하늘
어둠을 드리우고

장맛비
멎지 않아
앞개울 강 이루고

개울가
사람들 모여
모이어서 소란이다

까치밥 흔적 없고

감나무 꼭대기에
까치밥
흔적 없고

삭풍에
나뭇가지
부질없이 흔들린다

겨울의
추위 속에서
이 한 해도 저문다

세한도 초가엔

유배지 초가집에 찬바람 불어온다
언제나 찾는 사람 보이지 아니하고
둥그런 창문사이로 둥근달이 저리 밝다

집 밖엔 솔 잣나무 버티어 서서 있다
천만리 마다않고 귀한 서책 전해준 정
책 읽는 그날 목소리 가까이서 낭랑하다

덩굴장미

햇살도 따사롭다 오월의 푸른 하늘
담장 위 덩굴장미 저리도 붉어 있어
한 송이 바라보기도 아름다워 미안하다

어제의 아름다움 어디로 떠나가고
오늘은 생기 잃고 바람결에 흩날리네
언젠간 시들어버릴 내 모습을 그려본다

4부

폭풍우 있은 후에

나뭇잎
살랑이며
실바람 불더니만

어느덧
폭풍우로
온 세상 뒤흔든다

할퀴고 지나간 자리 새 생명이 움튼다

해맞이

수평선
그 너머로
붉은 해 떠오른다

새해를 맞이하는 눈빛들이 그윽하다

소망은
따로 있어라
저마다의 가슴에

봄을 기다리며

창밖에
어두움이
어느새 돌아온다

한겨울 긴긴밤을 하릴없이 지새우며

한사코
기다리는 건
봄날이고 그 봄이다

라일락

우리 집
빈 뜨락에
라일락꽃 화사하다

꽃들은
골목 멀리
향기를 내어뿜고

사월의
푸른 하늘을
물들이고 남아라

새해아침

정성들인 차례상 앞 모두가 경건하다

새해에 복 받아라 덕담은 오고 가고

한 해의 소망을 담아 열고 있는 새 아침

여름 나그네

낮에는 삼십 몇도 무더위 이어지고

오래된 가뭄으로 세상은 메마르고

길 따라 멀리 가는 길 저녁노을 하마진다

주례를 서면서

장미꽃
피어 있는
오월의 어느 날에

친구 아들 결혼식에 주례사를 하고 있다

험준한
세상의 파도
쉬 넘어라 하였다

석촌호수 벚꽃

봄날이
돌아오고
추위 조금 남았지만

사월의
벚꽃들이
세상을 이루었다

호수에
수놓은 꽃들
하늘마저 이고 있다

설악산 가는 길에

가을날
단풍 보러
설악산 가는 길에

울산바위
올라서니
대청봉 멀리 있다

해지자
파도 소리를
가까이서 듣는다

한가위 소묘

추석을 쇠러가는 설렘이 더하여서

가는 길 막히어도 보름달이 반가워라

선산의 성묫길에는 햇살마저 따라온다

해질녘에

더위에
지친 농부
하던 일 멈추었고

길 가던
저 길손은
그늘에서 졸고 있다

서산에
노을지면은
날던 새가 숲에 든다

혼인식장 풍경

모란이 활짝 웃는 오월이 돌아오면

몰려든 하객들은 신혼부부 축복하고

부케를 받아든 친구 환한 웃음 짓는다

숲속의 매미들

소나기 지나가고 햇볕은 쨍쨍하다

무더위 이어지는 한여름 이기려고

숲속에 사는 매미들 해탈하고 있어라

CCTV

옛적엔 죄짓고서 두 손으로 가리었다

이제는 어디서나 큰 눈망울 부릅뜨고

조그만 잘못이라도 바로 살라 지켜본다

인연

그 옛날 푸른 동공 내 마음 잡아두고

촉촉한 긴 생머리 내 목을 동여매다

파뿌리 되잔 언약을 서리로써 말하다

노송

깊은 산
등성이에
바람을 등에 지고

소나무
가지마다
옹이가 피어있다

연륜이
더해 갈수록
꿋꿋함이 있어라

복수초

언 땅을
헤치고서
고개를 내어민다

황색 꽃
복수초가
꽃잎을 열어놓고

한겨울
시린 가슴에
봄소식을 알린다

화분

거실에
있던 화분
웃자란 여린 잎새

뜨락에
옮겼더니
봄 햇살 쏟아진다

봄바람 치불대면은 화초들이 더 설렌다

문어의 모성애

수만의
알을 낳아
부화하고 키우느라

먹는 것
자는 일도
모두 다 잊고나서

새끼들
떠나보내고
그 바다에 묻힌다

영산홍

빨갛게
불사른 듯
뒷동산 영산홍이

누구를
위해선가
지천으로 피어있네

봄날의
햇살 아래서
싱그러움 줍고 있다

선운사 동백꽃

흰 눈을
가득 이고
망울 부푼 꽃봉오리

빠알간
가슴 열어
동박새 불러들고

찬바람
볼을 붉히며
서둘러서 찾는다

구조라해수욕장

가로수
단풍지고
쪽빛바다 잔잔하다

철지난
해수욕장
햇빛이 그리워서

외국인
몇 사람들이
온 바다를 차지했다

불꽃사랑 꽃비 되어

박달재
고갯마루
옛 노래 애잔하다

금봉이
어디 가고
불꽃사랑 꽃비 되어

재 넘는
바쁜 길손의
가는 발길 잡는다

석우시조비*

메마른 나뭇가지 푸른 잎 무성하고

세월의 비탈길에 흰 구름 한가롭고

정읍사井邑詞 놀던 고장에 시조비를 세우다

* 시조시인 석우 김 준 박사 시조비.

봄이 오면

긴 삼동 지나고서 햇살이 정겨우면
시냇가 버들가지 흥이 나서 흐늑댄다
지난날 보릿고개를 생각 다시 하게한다

앞산은 진달래가 흐드러져 피어있고
산 너머 흰 구름이 푸근한 솜이어라
저 하늘 목화밭들은 어느 누가 가꾸나

겨울나무

낙엽 진 나무들이 하얀 옷 갈아입고
눈보라 추위 속에 겨울을 나고 있다
돌아올 봄날을 위해 살고 있다 말하리

가진 것 없으면서 있는 듯 버티고서
새눈을 틔우려고 동통을 앓고 있다
사람도 이와 무엇이 다름 있다 말하리

5부

새싹

어젯밤
내린 비로
땅은 벌써 술렁인다

추위를
이겨내고
땅 속에 머물다가

대지의 푸른 함성에 새싹들이 놀란다

작은 소망

서북풍
불고 있어
쌓인 눈 흩날리고

지는 해
돌아보니
세월이 쏜살같다

받아든 새해 달력에 작은 소망 담는다

시산제

산행을 좋아하는 사람들 함께 모여

제상을 차려놓고 그 앞에서 기원한다

올 한 해 산정기 받아 산행길이 가벼기를

가을의 문턱에서

아직도 무더위가 남아서 그러한지

입추가 지났어도 가을 같지 않더니만

귀뚜리 창밖에 울고 장독대에 맨드라미

가을이 성큼 오기를

오늘밤 열대야로 잠은 멀리 달아나고

귀뚜리 울음소리 서둘러 들려온다

가을이 성큼 오기를 기다리며 울고 있다

노을을 뒤로하고

노을을 뒤로하고 고갯길 넘고 있다

바람에 나뭇잎은 늦도록 흔들리고

갈 길은 멀기도 하다 험하기를 더하다

선산을 찾아서

추석을 앞두고서 선산을 찾아간다

자손들 정성으로 벌초를 하고 나서

깔끔한 봉분 앞에서 편하시라 기원한다

벌초하는 날

잡초들 자라나서 키 재기 서두른다

제초기 굉음소리 산울림 돌아오고

깜깜한 무덤 속에서 어찌하고 계실까

문경새재

오던 비 멎고 나니 눈이 펑펑 쏟아진다

지나간 옛날 자취 알 길이 없으면서

새재에 쌓인 눈길을 뒤로하고 넘는다

세모

감나무 가지마다 눈꽃이 피어있고

할머니 장대 끝에 까치밥이 붉어있다

해마다 맞는 세모에 또 한 해를 헤아린다

꿈꾸는 밤

서산에
붉은 노을
산 너머 멀어지면

세상의
물상들이
어둠에 잠겨있고

나 홀로
맞는 밤이라
달도 별도 서럽다

가시장미

뜨락의
빨간 장미
온몸에 가시 입어

함부로
바라보기
두려움 갖게 한다

진실로
아름다움은
그 속에서 있어라

황사

머나먼 서북쪽에 동토나라 모래사막

겨우내 얼어있다 햇살 풀려 봄이 오면

불청객 황사바람이 서둘러서 찾아온다

산사에서

눈 쌓인
산사에는
어둠이 깊어가고

스님의
독경소리
계곡물에 잠겨들고

부처님 말씀 듣고도 해탈하기 어려워라

그 세월을 낚고 있다

잔잔한 호수에는 물안개 끼어있고

산새들 노랫소리 물 파랑 일으키고

강태공 드리운 낚시 그 세월을 낚고 있다

달력 한 장

해지자
창틈으로
찬바람 새어들고

세모에
달력 한 장
가볍게 걸려있고

쏜살로
떠나고 있는
또 한 해를 보고 있다

해바라기

태양을 닮으려고
하늘을
기웃댄다

가을 햇살
고이 받고
알알이 영근 씨앗

키가 큰
해바라기는
고개 숙여 있어라

비룡폭포

용오름
물기둥이
힘차고도 드세도다

잠룡은
승천해서
오래 전에 떠났건만

아직도
꿈을 찾는 이
여기 있어 좋아라

세월 무상

정해진 세월 속에 조금은 늙었어도

덧없는 인생이라 할 일은 많이 있고

날마다 맞는 오늘이 어제보다 빠르다

면학勉學

배움이
즐겁기에
늦다 않고 시작했다

시작詩作이
버거워도
만남이 반가워라

오늘도
글밭 찾아서
나갈 채비 바쁘다

나이 들면서

조금은
나이 들어
하는 일 어설프다

날마다
달라지는
세상이 돌아와서

새롭게
배워가면서
살아야 할 나이다

아직도 꿈은

하늘을
훨훨 날다
언덕에 내리어서

절벽 위
한 송이 꽃
바라보고 다시 본다

팔순을 맞고 나서도 꿈은 아직 어리다

홍도 바위섬

홍도의 바위섬은 나이 들어 늙어 있고
병풍바위 기암괴석 아름답기 더하여서
유람선 관광객들이 사진담기 바쁘다

절벽의 틈새 위로 뿌리내린 소나무가
바닷바람 맞고 있어 키들이 고만하다
해질녘 바위섬들은 노을처럼 붉어라

내장산 단풍구경

내장산 단풍구경 늦을까 찾았어라
산마다 붉어있어 가슴 속 타들더니
산 너머 해가 기울자 찬바람이 스민다

산자락 자락마다 나뭇잎 물이 들고
이 골짝 저 골짝에 물소리 드높아라
서둘러 돌아오는 길 서산에는 노을진다

월하문학관을 찾아서

높은 산 깊은 계곡 길 따라 길을 가니
오월의 하늘아래 고즈넉한 문학관에
해마다 사람들 모여 시조축전 열고 있다

땅거미 지는 산골 어둠이 내려오면
잔잔한 파로호에 둥근달 잠겨있고
시 한 수 건져보려는 눈빛들이 반짝인다

해설

이명耳鳴의 고통으로 선경仙境을 읊다

오홍진 문학평론가

이명耳鳴의 고통으로 선경仙境을 읊다

오홍진 문학평론가

고려 말에 생성된 시조時調는 변주된 정형시 형태로 현재까지 이어져 오고 있다. 시조가 이토록 오랜 시간을 견딘 이유를 서주린의 시조를 읽으면서 필자는 비로소 알게 되었다. 언뜻 정형定型이라는 시조의 형식이 마음을 표현하는 데 제약하는 걸로 생각하기 쉽지만, 서주린은 양식적 틀을 깨뜨리지 않으면서 다양한 방식으로 시조를 창작하고 있다. 전체 3장으로 구성된 (평)시조의 틀을 그는 연과 행의 조정을 통해 다채로운 방식으로 변주한다. 마음 속 생각을 표현하는 과정에서 형식은 그리 큰 문제로 작용하지 않는다는 걸 시인은 이번 시집에서 정확히 보여준다. 중요한 것은 틀을 지키되, 그 틀을 자유로이 넘나드는 정신이다. 시집 앞머리에 제시된 두 편의 시를 먼저 보도록 하

자.

시냇가
수양버들
봄바람에 흐늑대고

다리 건너
아지랑이
스멀스멀 돌아온다

산마루 머문 흰 구름 양떼처럼 평화롭다
—「봄날에」 전문

시냇가 나무 위에
물총새
한 마리가

물속을 응시하다
수직으로
날아들어

저보다
큰 물고기를

쏜살같이 물고 간다

—「집중」 전문

3장으로 이루어진 시조 형식을 따라 두 편 모두 3연으로 구성되어 있다. 각 연마다 3.4조의 음수율을 변주하고 있는데, 시어나 시구로 행을 구분하고 있다. 「봄날에」를 보면 1연과 2연은 3행이, 3연은 1행이 하나의 연을 형성한다. 각 연이 3행씩 배치된 「집중」은 음보를 다르게 적용함으로써 시조를 읽을 때 생기는 운율에 변화를 주고 있다. 현대시가 운율을 안으로 숨긴다면, 정형시인 시조는 운율을 밖으로 드러내어 시를 읽는 맛을 북돋는다. 각 행의 음보를 어떻게 조절하느냐에 따라 한 편의 시에서 뻗어 나오는 리듬감이 달라질 수 있다는 말이다. 시인이 시조의 형식을 진지하게 고민했음을 알 수 있는 대목이라고 하겠다.

연과 행을 배치하는 방식에 따라 시의 내용 또한 조금씩 변주가 이루어진다. 「봄날에」의 1연에서 시인은 "시냇가"와 "수양버들"을 다른 행으로 구분하고, "봄바람에 흐늑대고"는 한 행으로 처리하고 있다. 시냇가와 수양버들이 한 행이 되면 시냇가의 수양버들이 봄바람에 흐늑댄다는 맥락이 형성된다. 다른 행으로 나누어지면 어떻게 될까? 시냇가와 수양버들이 봄바람에 흐늑댄다는 맥락으로 변주된다. 수양버들만이 아니라 시냇가 또한 봄바람에 흐늑댄다는 새로운 의미가 발생하는 것이다. 봄이 오면 시냇물 역시 이전과는 다른 모습을 보일 테니, '시냇가의 수양버들'보다는 '시냇가와 수양버들'이 봄의 정취를 확실히 전달하는 듯싶다.

같은 시의 3행은 "산마루 머문 흰 구름 양떼처럼 평화롭다"가 한 행으로 처리되어 있다. 한 호흡으로 죽 읽어야 양떼처럼 평화로운 흰 구름을 머릿속에 그릴 수 있다. 제목에 드러나는 대로 이 시는 봄날의 정경을 묘사하고 있다. 시인은 시냇가와 수양버들이 봄바람에 흐늑대고, 다리 건너 아지랑이가 스멀스멀 돌아오는 장면을 산마루에 머문 흰 구름과 연결해 표현하고 있다. 장면을 나누어야 할 부분에서는 한 연을 3행으로 나누고, 장면을 하나로 통합해야 할 대목에서는 한 행으로 한 연을 구성하는 방식을 내보이고 있는 것이다. 사물을 보는 방식에 따라 한 연을 이루는 행의 수가 결정되고 있는 셈이다.

「집중」이라는 시에도 이러한 방식이 그대로 적용되고 있다. 1연은 '시냇가 나무–물총새–한 마리'의 이미지 흐름으로 시냇가 나무 위에 있는 물총새 한 마리를 구체화하고 있고, 2연은 물속을 응시하던 물총새가 "수직으로/ 날아드는" 장면에 초점을 맞추고 있다. "수직으로"와 "날아드는"을 다른 행으로 구분함으로써 물총새의 날렵한 행동을 제대로 살리고 있다. 마지막 3연은 "쏜살같이 물고 간다"는 장면을 한 행으로 묶어 "저보다/ 큰 물고기를" 날렵하게 낚아채는 물총새의 모습을 부각시킨다. '집중'이라는 시 제목은 물총새의 이러한 모습이 물속을 응시하는 힘에서 비롯된다는 걸 분명히 보여준다. 물속을 응시하는 이 순간을 견디지 못하면 물총새는 저보다 큰 물고기를 잡을 수 없다. 사물을 응시하는 시인이라고 이와 다를까.

푸르던
나뭇잎은
가을이 되고 나서

노랗게
물이 들어
황홀함을 보이더니

가지가
휘어지도록
종소리를 내고 있다

—「은행나무」 전문

꽃들은 피어나고 새소리 달려온다

때 아닌 꽃샘으로 꽃잎은 날리는데

창 너머 꽃비를 보며 푸른 하늘 바라본다

—「뜨락의 풍경」 부분

사물을 '응시'하는 시인은 자신을 중심에 놓지 않는다. 시인은 분명 자신의 눈에 비친 사물을 시어로 표현하지만, 거기에는 사물을 중심에 놓고 사물을 보는 시적 과정이 내포되어 있다. 「은행나무」에서 시인은 푸르던 나뭇잎이 노랗게 물이 든 걸 보고 계절의 변화가 일으키는 황홀함을 느낀다. 푸르던 나뭇잎이 노랗게 물이 드는 건 자연이다. 때가 되면 어김없이 일어나는 현상이라는 말이다. 인간의 힘이 미치지 않는 자리에서 자연은 변화를 거듭한다. "가지가/ 휘어지도록/ 종소리를 내고 있"는 저 은행나무를 보라. 온몸에 열매를 가득 담은 채 은행나무는 몸속 깊은 곳에서 울려 나오는 종소리를 내고 있다. 은행나무에 달린 열매 하나하나가 여럿이면서 하나인 소리를 낸다.

당연한 말이지만, 은행나무가 내는 이 종소리를 아무나 들을 수 있는 것은 아니다. 종소리를 들으려면 은행나무의 '귀'를 지니고 있어야 한다. 인간의 귀로는 은행나무가 내는 종소리를 들을 수 없다. 어떻게 해야 은행나무의 귀를 얻을 수 있는 것일까? 앞서 말했듯이, 은행나무의 시선으로 은행나무를 보면 된다. 인간은 늘 자기 관점에서 자연을 판단하려고 한다. 인간이 언어로 자연 사물을 포섭하는 순간, 자연의 본래 의미는 사라지고, 인간이 자연에 부여한 의미만이 오롯이 떠오른다. 시인은 인간을 자연 위에 세우는 인식을 넘어선 자리로 거침없이 나아간다. 자연의 본래 자리로 들어서려면 인간이 언어로 세운 경계를 넘어서야 한다. 바로 그 자리에 이르러서야 시인은 비로소 은행나무가 내는 종소리를 들을 수 있는 것이다.

「뜨락의 풍경」을 참조하면, 경계를 넘어선 존재만이 꽃들이 피어나고 새소리가 달려오는 장면을 볼 수 있다. 경계를 넘어서는 존재는 인간의 시선으로 사물을 재단하지 않는다. 그러기는커녕 사물이 내보이는 시선으로 사물을 바라보고, 인간 세상을 바라보려고 한다. 때 아닌 꽃샘으로 이르게 지는 꽃잎=꽃비를 보며 시인은 창 너머로 펼쳐진 푸른 하늘에 눈길을 둔다. 푸른 하늘에 '의미'를 부여하기 위해 보는 것이 아니다. 푸른 하늘은 그저 거기에 있고, 거기에 있는 푸른 하늘을 시인은 인간의 시선을 내려놓은 '새로운' 시선으로 들여다보고 있다. 서주린의 시조는 바로 이 지점에서 탄생한다. 인간과 사물의 경계를 뛰어넘은 자리에서 그는 사물을 본다. 당연히 우리가 익히 보아왔던 것과는 다른 사물이 눈앞에 나타날 수밖에 없다.

이를테면, 「동학사 가는 길」에서 시인은 "황금빛/ 은행잎들이/ 샛바람에 살랑"이는 것을 보고, 「매미」에서는 "시원한/ 그늘 속에서 졸고 있는 노인 하나"를 본다. 이파리를 버리고 알몸으로 사는 겨울나무를 통해서는 "새로운 봄을 맞으려 동안거에"(「동안거」) 드는 자연 사물을 보기도 한다. 시인은 사물을 통해 사물 너머에 드리워진 다른 세계로 나아가려고 한다. 새로운 봄을 맞이하기 위해 동안거에 드는 겨울나무의 이미지를 그려 보라. 헐벗은 몸으로 하늘을 향해 두 팔을 벌린 겨울나무의 이미지에서 시인은 깨달음을 얻으려고 피나는 노력을 하는 선사禪師를 떠올린다. 매미 울음소리를 들으며 시원한 그늘 속에서 졸고 있는 노인의 이미지 또한 이런 맥락에서 이해될 수 있다고 하겠다.

천상의 소리인가 외계인의 교신인가
눈뜨면 들려와도 해독하기 어려워라
강약이 다름에 따라 몸 상태를 알 뿐이다

낮이나 밤이거나 가리지 아니하고
날아든 고목 숲에 매미가 울고 있다

한평생 같이 살기를 작정한 듯 하여라

—「이명耳鳴」 전문

서주린의 시조는 제 몸속에서 울리는 소리인데도 해독하기 힘든 이명耳鳴 현상과 밀접하게 연결되어 있는 듯싶다. 귓속에서 울리는 소리는 내 안에서 울리지만 내 것이라고는 할 수 없다. 시인은 이명을 "천상의 소리"나 "외계인의 교신"으로 표현한다. 어느 것이 되었든, 이명은 지금 이곳과는 다른 세계에서 울리는 것이다. 경계 안에서 경계 밖에 있는 소리가 들려온다고나 할까. 밤과 낮을 가리지 않고, 몸 상태에 따라 강약을 달리 하며 들려오는 이명을 시인은 한평생을 같이 해야 할 '바깥'으로 이야기한다. 이명은 바깥에서 들려오는 소리인 동시에 안에서 울리는 소리이기도 하다. 안과 밖의 경계를 넘나드는 이 해독하기 어려운 이명을 온몸으로 느끼며 시인은 사물을 세심하게 들여다보는 시적 힘을 기르고 있는 셈이다.

이명과 함께 하는 삶은 달리 말하면 고통과 함께 하는 삶을 의미한다. 귓속에서 항상 매미 울음소리가 난다고 생각해 보라. 이명을 치료하는 이런저런 방법이 있다고 하지만, 사실 나이 들어 생기는 이명은 쉬이 치료하기도 힘들다. 한마디로 이명은 더불어 살아야 할 병과 같은 것이라고 할 수 있다. 나이 든 이의 훈장이라고 표현하면 지나친 말이 될까? 중요한 것은 이명 자체가 아니라 이명의 고통을 다스리려는 마음이다. 천상에서 들려오는 소리가 이명이고, 외계인이 지구인에게 보내는 교신이 이명이라는 시인의 말마따나, 이명은 시인을 다른 세계와 이어주는 매개체가 될 수도 있다. 어차피 시(조)는 고통을 승화하는 양식이 아니던가.

옛시조
한 가락에
선경을 넘나든다

시흥이
절로 나서
지필묵을 당겼더니

붓대는
나가지 않고
학이 먼저 날아든다

—「풍류」 전문

옛시조 한 가락을 읊으며 선경仙境을 넘나드는 시인의 모습은 무엇보다 이러한 이명의 시학과 긴밀하게 연동되어 있다. 선경은 경계 밖에 있는 세계이다. 아무나 경계 밖으로 나갈 수 있는 것은 아니다. 자신을 중심에 세우는 사람은 결코 경계 너머로 나아갈 수 없다. 자신을 중심에 세운 것 자체에 이미 경계를 부정하는 마음이 내포되어 있기 때문이다. 선경을 노래한 위 시에서 시인은 언어 이전에 존재하는 사물에 주목한다. 사물에 언어를 부여하면 우리는 과연 사물을 지배하게 되는 것일까? "붓대는/ 나가지 않고/ 학이 먼저 날아든다"는 시구에 나타나는 대로, 시인은 언어 너머에 존재하는 사물과 '직접' 만나는 경이로운 순간을 경계를 넘나드는 마음과 연결하고 있다.

'붓대'를 든 시인은 선경에서 느낀 시흥을 언어에 담아 표현하려고 한다. 붓대=언어가 시인과 선경을 이어주는 매체가 된다는 말이다. 마음속에서 시흥은 넘쳐나는데 붓대가 나가지 않는다. 시흥에 걸맞은 언어를 찾기가 힘들어서다. 붓대만 든 채 우두커니 서 있는 시인을 비웃기라도 하듯 갑자기 '학'이 날아든다. 학은 언어로 표현할 수 없는 대상을 가리킨다. 어떻게 이런 대상을 볼 수 있느냐고? 시인이 지금 선경을 넘나들고 있다는 점을 생각해야 한다. 경계를 넘나드는 존재는 언어에 매여 있지 않다. 자기를 중심에 세워 사물에 억지로 의미를 부여하지도 않는다. 경계를 넘어 선경에 이른 존재만이 '학'이라는 사물과 직접 만나는 풍류를 즐길 수 있는 것이다.

사물과 더불어 풍류를 즐기려면 언어의 눈, 달리 말하면 사물에 의미를 부여하는 인간의 눈을 내려놓아야 한다. 선경의 하늘을 나는 학을 보려면 학의 눈으로 세상을 보아야 한다고 돌려 말해도 좋다. 「바람」이라는 시에서 시인은 불어오는 바람을 설렌 마음으로 맞이하는 뜨락의 나뭇잎에 주목한다. 흔들리는 나뭇잎을 통해 시인은 보이지 않는 바람을 보고 느낀다. 비를 몰고 오는 바람에 시인도, 나뭇잎도 설레는 걸 보면, 한동안 대지를 적시는 비가 내리지 않은 모양이다. 시인은 "뜨락의 나뭇잎들이 나보다도 설렌다"라는 구절로 비를 맞이하는 나뭇잎의 마음을 표현한다. 사물의 시선으로 사물을 보지 않으면 결코 나올 수 없는 시적 인식이라고 하겠다.

동트자
수줍은 듯
배시시
깨어나서

치마폭 활짝 열어
벌
나비

꼬드기고

해지고
별빛 내리면
부끄러워
몸 사린다
—「나팔꽃」 전문

먹구름
모여들고
천둥번개 몰아친다

소낙비
지난 후에
저 하늘 짙푸르고

고샅에
풀꽃 한 송이
고개 들고 있어라
—「풀꽃 한 송이」 전문

한 음보를 한 행으로 배치(2연의 2-3행 "벌/ 나비"는 한 음보를 2행으로 나누었다)한 형식 실험이 엿보이는 「나팔꽃」에서 시인은 사물의 눈으로 사물을 들여다보는 시작詩作을 펼치고 있다. 다시 말하지만, 사물의 눈으로 사물을 보려면 언어로 사물을 지배하려는 욕망을 내려놓아야 한다. 관조觀照의 시선이라 일컬을 수 있는 시적 방식으로 시인은 사물로 들어가는 길을 활짝 열어젖힌다. 사물을 관조하는 시인은 사물 곁에서 사물과 더불어 하나가 되는 어떤 장소를 지향한다. 동이 트면 나팔꽃은 왜 수줍은 듯 배시시 깨어나겠는가? 한편으로 소낙비 지난 후에 저 하늘은 왜 짙푸르며 풀꽃 한 송이는 왜 고개를 들고 있겠는가?

나팔꽃과 하늘과 풀꽃 한 송이에서 시인은 마음속에 이미 자리한 수많은 사물들을 보고 있다. 「나를 본다」를 참조한다면, "서로가 마주 앉아서 내가 아닌 나를" 보는 상황이 연이어서 펼쳐지는 것이다. "내가 아닌 나"는 하나이면서 여럿으로 표현되는 생명의 본질을 에둘러 드러낸다. 나팔꽃과 나팔꽃을 관조하는 시인은 둘(여럿)이면서 하나인 관계를 형성한다. 짙푸른 하늘이라고 다르지 않고, 풀꽃 한 송이라고 다르지 않다. 한 생명이 태어나 모든 생명을 낳는다. 돌려 말하면 모든 생명이 있음으로써 비로소 한 생명이 태어나게 된다. 사물을 관조하는 존재는 무엇보다 이러한 역설로 이 세상을 바라본다.

역설은 하나 속에 있는 여럿을 발견하는 일이다. 역

설 속에는 나와 내가 아닌 것이, 사물과 사물이 아닌 것이 뒤섞여 있다. 사물의 시선으로 사물을 바라보는 존재는 이러한 역설로 세상과 마주한다. 온 세상을 뒤흔드는 폭풍우가 지나간 자리에는 언제나 새 생명이 움트는 법이다(「폭풍우 있은 후에」). 자연 현상이 어디 한 방향으로만 진행되던가. 봄이 가면 여름이 온다. 여름이 가면 가을이 오고, 가을이 가면 겨울이 온다. 겨울이 가면 다시 봄이 온다. 봄에서 겨울로 가는 길은 언제나 겨울에서 봄으로 가는 길을 내포하고 있다. 삶과 죽음이 둘이면서 하나가 되는 원리 또한 이러한 자연 이치와 다를 리 없다.

깊은 산
등성이에
바람을 등에 지고

소나무
가지마다
옹이가 피어있다

연륜이
더해 갈수록
꿋꿋함이 있어라

—「노송」 전문

배움이
즐겁기에
늦다 않고 시작했다

시작詩作이
버거워도
만남이 반가워라

오늘도
글밭 찾아서
나갈 채비 바쁘다

—「면학勉學」 전문

인용한 두 편의 시는 자연의 일이나 인간의 일이나 궁극적으로는 다르지 않다는 걸 분명히 보여준다. 「노송」을 먼저 보자. 바람을 등에 지고 산등성이에 서 있는 노송은 연륜이 더해갈수록 꿋꿋함을 더해간다. 흐르는 시간 속에서 노송이 더욱더 꿋꿋한 삶을 사는 이유는 무엇일까? "소나무/ 가지마다/ 옹이가 피어 있다"는 구절에 그 이유가 잘 나와 있다. 옹이는 나무의 몸에 박힌 가지의 그루터기를 말한다. 나무가 살아온 내력이 옹이에 그대로 새겨져 있다. 나무에 옹이가 피는 시간은 그러므로 나무가 온몸으로 바람과 맞선 시간을 품고 있다. 그저 시간이 흐른다고 나무에 옹이가 맺히는 게 아니다. 옹이 하나하나에 시간을 견딘 나무의 생이 스며들어 있다.

노송이 온몸으로 시간을 견디며 살았듯, 「면학」에 나오는 화자(시인) 또한 즐거운 배움을 위해 늦은 나이에도 시를 쓰기 시작했다. 시를 쓰고 싶다고 해서 자연스레 시를 쓸 수 있는 건 아니다. 한 편의 시를 쓰기 위해 시인은 엄청난 생의 고투를 겪어야 한다. 오죽하면 '저주받은 시인'이라는 표현이 나돌겠는가. 시인은 시를 통해 지금과는 다른 세상을 상상한다. 이 세상에 발을 딛고 다른 세상을 상상하는 일이 시작詩作이라는 점에서, 시인은 언제나 새로운 사물들과 만날 준비가 되어 있어야 한다. 오늘도 글밭을 찾아 나갈 채비를 하는 시인의 모습은 시를 쓰는 일이 곧 사물들이 사는 세상으로 기꺼이 뛰어드는 일이라는 걸 분명히 보여준다고 하겠다.

노송은 온몸에 옹이를 맺어 한 생을 견디고, 시인은 시작에 이르는 길로 들어서기 위해 서슴없이 글밭을 찾아 여행을 떠난다. 「겨울나무」에 표현된바 그대로, 돌아올 봄날에 꽃을 피우려면 낙엽 진 나무들은 하얀 옷을 입은 채 매서운 눈보라가 휘몰아치는 세상을 온몸으로 겪어야 한다. 새눈을 틔우기 위해 동통을 앓는 겨울나무처럼 시인 또한 다가올 봄을 온전히 맞이하기 위해 오늘도 변함없이 길을 걷는다. 고통을 통해 성장하는 건 사람이나 나무나 마찬가지다. 시인은 그 누구보다 생명이 내보이는 이 진실을 잘 알고 있다. 소나무는 시간 속에서 바람과 맞섬으로써 비로소 노송이 되었다. 시인이라고 다를까? 시인 역시 시간 속에서 시간과 맞섬으로써 비로소 다른 세상을 상상하는 '시인'이 되었다.

지금과는 다른 세상을 상상하는 시작은 어찌 보면 "부처님 말씀을 듣고도 해탈하기 어려"(「산사에서」)운 상황과 비슷한 일인 듯도 하다. 말씀으로 이를 해탈의 길이라면 그 누가 이 길에 이르지 못할까? 중요한 것은 부처님 말씀이 아닌지도 모른다. 말씀으로 이해할 게 있고, 말씀으로는 이해할 수 없는 게 있다. 부처님 말씀과 해탈 사이에 드리워진 멀고도 가까운 거리는 시인이 사물과 이루는 가깝고도 먼 관계와 다르지 않아 보인다. 시인은 말씀과 해탈의 경계에서 사물 속으로 들어가는 미묘한 문을 발견한다. 물론 그 문의 안쪽으로 들어가는 일은 해탈에 이르는 것만큼이나 어려운 일이다. 다만 시인은 오늘도 온몸에 옹이가 질 정도로 면학하고 또 면학할 따름이다. "고요히/ 비우고 또 비우"('시인의 말')는 시적 삶을 시간 속에서 날마다 실천하고 있는 것이다.

서주린 시조집

저 하늘 목화밭들은 어느 누가 가꾸나

발　행 2020년 5월 15일
지 은 이 서주린
펴 낸 이 반송림
편집디자인 김지호
펴 낸 곳 도서출판 지혜 · 계간시전문지 애지
기획위원 반경환 이형권
주　소 34624 대전광역시 동구 태전로 57, 2층 도서출판 지혜 (삼성동)
전　화 042-625-1140
팩　스 042-627-1140
전자우편 ejisarang@hanmail.net
애지카페 cafe.daum.net/ejiliterature

ISBN : 979-11-5728-397-2 03810
값 10,000원

서주린

서주린 시조시인은 1941년 충남 공주에서 출생하여 초등학교를 졸업하고 대전과 서울에서 성장하였다. 건국대학교 행정학과를 졸업하고 군복무 후 국세청 국세공무원으로 근무했다. 현재 국세동우회 부회장이며 월간『국세인 광장』편집인을 맡고 있다. 2001년 계간『창작수필』에 수필가로, 2015년 계간『시조문학』에 「시조문학작가상」을 수상하여 시조시인으로 등단하였다. 창작수필문인회 부회장, 대한문학 운영이사를 역임하였고, 한국문인협회 및 시조문학문우회 회원, 송파문인협회와 한국전쟁문학회 자문위원, 송파수필작가회 회장으로 활동하고 있으며, 2019년「올해의 시조문학작품상」을 수상하였다. 자호는 청곡靑谷, 호는 우담佑譚과 덕산德山.

고려 말에 생성된 시조時調는 변주된 정형시 형태로 현재까지 이어져 오고 있다. 시조가 이토록 오랜 시간을 견딘 이유를 서주린의 첫 시조시집『저 하늘 목화밭들은 어느 누가 가꾸나』를 읽으면서 우리는 비로소 알게 된다. 언뜻 정형定型이라는 시조의 형식이 마음을 표현하는 데 제약하는 걸로 생각하기 쉽지만, 서주린은 양식적 틀을 깨뜨리지 않으면서 다양한 방식으로 시조를 창작하고 있다. 전체 3장으로 구성된 (평)시조의 틀을 그는 연과 행의 조정을 통해 다채로운 방식으로 변주한다. 이명耳鳴의 고통으로 선경仙境을 읊은 시집이라고 할 수가 있다.

이메일: jrseo2003@daum.net